우리는 너의 편이 되어줄 거야

소금북 시인선 · 10

우리는 너의 편이 되어줄 거야

김수현 시집

소금북
sogeumbook

▌**김수현**

- 지평고등학교 3학년
- 2015년 양평군 미지산 문예대회 장려상
- 2018년 양평군 미지산 문예대회 최우수상
- 2020년 교내 나행시발표대회 장려상
- 2021년 제26회 둔촌청소년문학상 공모(한국 문인협회) 장려상
- 2021년 교내 독서 퀴즈대회 장려상
- 2021년 제42회 경기종합예술제 공모(한국문 인협회) 장려상
- 2021년 양평문인협회 '너를 만나고 시를 만나면'에 〈새싹시인〉으로 등재

- 전자주소 : ssoltwin@naver.com
- 휴대폰 : 010-4908-3015

꿈과 희망을 주는 어른이 되고 싶다

나는 선천적 신경질환인cmt(샤리코마리투스)장애로 태어나게 되어 어릴 적부터 친구들에게 놀림과 구박을 많이 받아왔다.

하지만 그때마다 하나님을 의지하고 기도하며 이겨냈다. 애들이 수없이 놀려도 나는 기도로 혼자 견디며 지낼 수 있었다.

자라오면서 내 자신의 몸이 장애라는 것을 받아들이기가 힘들었다.

계속 진행만 되고 희망이 보이질 않아 앞이 캄캄할 때가 많았다.

그 순간마다 나는 하나님께 기도를 하였다. "은혜"의 찬송가는 내가 가장 좋아하는 찬양곡이다.

기도하며 종종 나는 찬송을 듣고 부르며 하나님께 고

백한다.

내가 누려왔던 모든 게 모두 하나님 은혜라는 것을 깨닫게 된다.

나는 힘든 순간마다 하나님께 기도하며 기도문을 적어 내려갔다.

내 마음을 매일매일 일기처럼 시로 쓰기도 하고기도하는 마음으로 하나님께 이야기하듯 쓴 것을 중학교 국어 선생님께서 책으로 묶어 주시기도 하셨고 여러 대회에 내어 보내서 수상하기도 하였다.

나에게 신앙이 없었으면 이렇게 힘든 삶을 잘 견디며 자랄 수 있었을까 생각해 본다. 하나님을 의지하며 마음을 글로 쓸 수 있어서 참 다행이다.

나는 훌륭한 전도사가 되고 싶다.

훌륭한 전도사가 되어서 어려운 사람들도 많이 도와주고 나와 같은 장애가 있는 사람들에게 꿈과 희망을 주는 좋은 어른이 되고 싶다.

| 차례 |

| 시인의 말 |

제1부　바람 침대

제2부 평안한 기대

제3부 따뜻한 사랑

제4부 그날이 올 거야

제 **1** 부

바람 침대

웃음꽃

하하하
히히히
호호호
왜, 자꾸 웃냐고?
웃음도 꽃이라서
내 입이 고우라고

당당한 이유

내일이 있어 고된 거야
희망이 있어 힘든 거야

목표가 있어 느린 거야
행복이 있어 아픈 거야

가슴에 품을 무엇이 있다는 것이
오늘을 사는 당당한 이유야

감사

이 세상에 태어난 자체가 난 감사하네
좋은 집에 살게 해주신 것도 감사하네

아픈 나의 몸이지만 그래도 모든 게 다 감사하네
아픈 우리 엄마 그래도 함께 살 수 있어 감사하네

참 좋은 학교 다닐 수 있게 해주신 것도 감사하네
신나게 놀 수 있는 공간을 주신 것만도 감사하네

병원에 다닐 수 있게 해주신 것 다시 한 번 감사하네
엄청나게 지겹고 싫어도 다닐 수 있게 해주신 것 감
사하네

아파도 사랑하는 엄마 아빠랑 함께 있어 감사하네
너무너무 감사해서 난 말로 다 말할 수 없네

레일바이크

덜컹거리는 바퀴 소리가 나를 깨운다
바람이 나비처럼 날아다닌다

덜컹덜컹 탁 내려앉는 바퀴 소리
자꾸만 나를 놀라게 하는 창문 같은 문

나는 그 소리가 끼익- 싫어서 벌떡 일어섰다
새소리가 크게 들려왔다

어른 새와 어린 새들이 모여앉아서
저쪽에서 운동하는 어른들과
걷고 있는 애들을 바라보고 수다를 떨었다

요번에는 나를 빤히 바라보았다
덜컹거리는 레일바이크에 깜짝 놀라서 주저앉았다
그 순간 차갑게 굳어버린 내 마음

오순도순 앉아서 이야기하는 새들처럼

얼른 친구들과 수다를 떨었다

새들이 모여앉아서 응원해주는 것 같았다

하지만 아픈 몸 대신 달리는 레일바이크는 내겐 넘

힘들다

아이쿠, 다행히 잘 도착했다

우리 집 강아지

우리 집 강아지 초코
초콜릿 색깔이라서 초코
하지만 나는 초코파이 같아서
초코를 볼 때마다
자꾸 초코파이가 먹고 싶어진다

아침부터 저녁까지 귀엽게
우리를 쫄쫄 따라다니고 놀아주고
쥐까지 잡아서 놀라게 한다
쥐를 잡아주면 무섭지만,
우리를 생각해서 그런 거다

그래서 언니와 나는
초코야, 초코파이야 고마워~
사랑해~ 하면서 목욕을 시켜준다

하얀 털에 듬뿍 묻은 초코

깨끗하니까 먹고 싶어진다
초코파이~

바람 침대

우리는 커다란 배에 올라탔어
커다란 배는 엄청 빠르게 달릴 줄 알았지
이상하게도 배는 천천히 가는데 바람은 쌩쌩 부는
거야

나는 바람이 좋아서 두 팔을 활짝 벌려 봤어
우와, 이게 웬일이야? 바람이 내 몸을 감싸는 거야

손가락 사이로 슝슝
얼굴로 와서 살랑살랑
머리카락 사이로 쏴아아
나를 감싸 안아주었어

나는 바람에 안겨 하늘 위로 둥둥 떠가는 것 같았어
내 마음이 편안해지고 자유로워졌어
바람 침대에서 신나게 놀고 있는 것처럼 말이야

그리운 이들이여

아직도 차가운 바닷물에 있는 그리운 이들이여 잊지 않을게

얼마나 아팠을까? 얼마나 무서웠을까? 얼마나 보고 싶을까?

난 이 모두의 마음을 만져서 치료해 주고 싶다

허다운 언니, 조은화 언니, 박영인 오빠, 고창석 선생님, 권재근 아저씨…

이제 그만 얼른 돌아오세요

난 유가족분들을 안아주고 싶은 맘이 계속 생겨난다

우리 모두의 가슴 깊은 곳을 훑어간 아픔 치료되지 못할 아픔…

벌써 3주년 시간이 이렇게 많이 지나가다니

세월호 모든 희생자 언니 오빠 선생님 빨리 돌아오세요

꿈

우리 반 친구들은 모두 19명이야
친구들은 춤을 추고 까불다가도
심하고 험하고 무서운 욕을 한다
그래도 나는 우리 반 친구들이 좋다
나에게도 맘대로 뛸 수 있는 발이 있으면
얼마나 좋을까?
그러면 나도 춤추고 까불고
욕도 좀 해보고 친구랑 경쟁도 해볼 텐데
애들아, 너희들과 친하게 지내고 싶어
소리치면서 웃으면서 함께 놀고 싶다

엄청나게 지겨운 병원

나는 하루도 빠짐없이
엄청나게 재밌는 우리 학교 수업을 못하고
매일 병원에 끌려와야 한다
'왜 난 이 지겨운 병원에 가야 할까?'
생각이 많이 들어도
병원이 너무너무 지겹고 싫을수록
더 열심히 치료해서 조금이라도 낫고 싶다
그런데 왜 맘먹은 대로 많이 안 될까?
난 정말 쓸모없는 아이처럼 느껴졌다
'왜 나에게 이런 이상하고 어이없는 일이 생긴 걸까.'
하지만 상관없다
아니, 상관이 없어도 계속 이런 생각을 한다
'쓸모없어도 중요하지 않아도 전혀 상관없을까?'
그럴 때 엄마는 내 마음을 아시는 듯 말한다
"아니야, 수현아, 넌 너무 소중한 아이야!
힘들겠지만, 힘내! 엄마 아빠가 응원할게."

참 좋은 우리 학교

우리 학교는 참 좋아
수많은 언니 오빠랑 친구들이랑 함께
모여 만들어가는 우리 학교 날마다 기대가 돼
예쁘고 친절한 선생님과 엄청 넓은 운동장도 있어
참 좋아
이렇게 좋은 학교에 입학하여 다닐 수 있는 게 좋
아서
나는 모두와 함께 복을 나누어 갖고 싶어
우리가 모여 만드는 큰 기대에 복이 터지면 참 좋
겠어
우리가 가장 좋아하는 날은 금요일이야
선배들 우리들 선생님들까지 좋아하는 날이야
일주일 중에 가장 맛있는 급식이 나오는 날인데
그것 땜에 선배들과 친구들이 빨리 뛰기 경쟁을 해
모두 1등으로 맛있는 밥을 먹고 싶겠지?
맛있는 급식을 꼴등으로 먹는 걸 누가 좋아하겠
어?

봄나들이

나는 계속 실수하고 넘어졌다
소풍가서도 과자를 떨어뜨렸다
모든 게 내 탓인 거 같아 내 탓을 했다
그 순간 "괜찮아"하는 음성이 들려왔다
깜짝 놀라서 주위를 둘러보았다
햇살 속에서 따뜻한 소리가 들려오는 것 같았다
짜증나는 마음으로 내 탓을 한 게 부끄러웠다
그래서 난 " 예수님, 감사합니다!" 외치고
예슬 언니랑 보현이랑 시우랑 같이 가다가
넓고 푸른 잔디밭에서 간식을 맛있게 먹었다
그곳은 마음껏 놀 수 있는 자유의 공간이었다
그런데 보현이가 휠체어를 타고 내려가고 있었다
위험하다고 생각한 순간, 휠체어가 뒤로 넘어갔다
난 그게 정말 신기해서 "보현아, 괜찮아?" 외쳤다
와, 나도 실수를 달고 살고 싶진 않은 걸!
어둠 속에 실수는 묻어놓고 좌우명을 새겼다

버림받은 나

아주 캄캄한 어둠 속에 난 혼자 남았다
무섭다 길가에 버려졌다

아주 높은 낭떠러지에 난 떨어졌다
두렵다 불쌍한 고아와 같다

아주 깊은 강에 나 혼자 떠내려간다
길가에 돌아다니는 개와 같다

아주 깊은 광야에 나 혼자 서 있다
내가 왜 이렇게 싫은 걸까?

아주 화창한 날에 나 혼자 남았다
날이 좋다고 모두 가버렸다

심심하다
그래, 괜찮아, 괜찮아

나 혼자 중얼거린다

그래, 괜찮아, 괜찮아
나 혼자여도 괜찮아

나의 조그만 몸

　나의 조그만 눈이 자꾸 안 보일 때면 눈을 잠깐 꼬
옥 감지
　나의 조그만 발이 자꾸 오그라들 때면 천천히 앉
아 쉬어가지

　나의 조그만 손이 내 맘대로 안 될 때면 손 운동을
잠깐 하지
　나의 기다란 다리가 아파올 때면 손을 모으고 기도
를 하지

　나의 우뚝 선 허리가 아파올 때면 아파도 참으며
허리를 스트레칭을 하지
　나의 몸이 전부 말을 잘 듣지 않을 때면 찬양을 크
게 크게 부르지

　나의 약한 다리에 힘이 풀려 넘어지면 두 팔에 힘
을 모아서 툭툭 털고 일어나지

내 약한 몸에 묻은 먼지를 털면서 중얼거리지

"수현아, 괜찮아!
이렇게라도 일어설 수 있으니 넌 이대로도 진짜 진
짜 괜찮아!"

가볍게 가볍게

보현이는 학교 가는 길에
자전거를 타고 가는 아이들을 쳐다보았어요

그런 보현이를 내가 한참 바라보니까
보현이가 손가락질하며 말했어요

"저 애들처럼 되고 싶으면
죽어라고 운동해야 하는 거야,
알았지? 수현아?"

보현이의 손가락 총에
가볍게 가볍게 걷던 나는

꽃

꽃이라고
다 예쁜 꽃이 아니다

어떤 꽃씨는
더러운 땅에서 태어나 꽃을 피우지만
또 어떤 꽃씨는
슬픔을 붙들고 태어나 꽃을 피운다

더럽고 깨끗지 못한 꽃이라도
모두 다 괜찮은 운명이라는 걸

내 꿈

나에겐 꿈이 있다
풍선처럼 날아다니는 마술 방울이 있다

나에겐 꿈이 있다
많은 사람을 사랑으로 껴안아 주고 싶다

나에겐 꿈이 있다
아픈 사람들을 치료해 주고 싶다

나에겐 꿈이 있다
친구들처럼 뛰어다니고 싶다

나에겐 꿈이 있다
건강해지고 싶다

평안한 기대

괜찮아! 괜찮아!

예쁘지 않아도 괜찮아
잘 못 걸어도 괜찮아
휠체어를 타고 다녀도 괜찮아
그래도 괜찮아

잘 안 보여도 괜찮아
말을 하지 않아도 괜찮아
너의 마음을 잘 몰라도 괜찮아
그래도 괜찮아

쿵! 넘어져도 괜찮아
신나게 뛰지 못해도 괜찮아
말랑한 손으로 잘못해도 괜찮아
너여서 괜찮아

우리 반 친구들

우리 반 친구들과 함께 지내는 게 참 좋아
친구들과 싸워도 끄떡 않는 우리 반 남자애들
항상 친절함이 가득한 미소천사 윤희 샘
애들이 욕해도 말다툼해도 그저 그냥 좋아
호수는 호수의 푸른 물과 고요해서 좋듯이
진호는 진호여서 호진이는 호진이어서
혜민이는 혜민이어서 보현이는 보현이어서
민아는 민아여서 나는 수현이어서 그냥 좋아
난 친구들이 뛰어노는 것만 봐도 참 좋아
그렇게 난 우리 반이 그냥 좋아
우리 반에 웃음꽃이 많이 피었으면 좋겠어
항상 친구들이 보고 싶은 나여서 그래

비

주룩주룩 주룩 비가 내린다
비 소린 내 맘을 참 차갑게 만져준다

주룩 주르룩 주룩 주루룩 주르르룩
빗소리가 엉엉 울기 시작했다

주르르룩 주르르룩 자꾸만 우는 비
달래보려고 일어나 불을 켜도 안 그친다

빗소리 따라 차갑게 굳어가는 우리 마음
비가 엉엉 울다가 통곡을 한다

보현이랑 나는 서로 가만히 멍하게
서로를 쳐다보며 눈으로 말한다

이 일을 어쩌면 좋지?

철길

따스한 공기와 시원한 이 느낌이 참 좋다
산들산들 천천히 불어오는 시원하고 포근한 바람

내 마음을 조금씩 움직이게 하고,
천천히 걸어 보면서 바람의 냄새를 맡는다

내 코를 조금씩 간질간질 간지럽힌다
넓은 철길 위 기차가 없으니 조금 허전해 보였다

흥흥 냄새를 맡아보니 기분이 참 좋아진다
솔솔 불어대는 따뜻한 바람

너희들을 위해 날아다니는 바람
선선하고 맑은 날에 바람이 분다

내 맘이 편안해지는 이 포근한 느낌
우와~ 참 좋당~

기분이 하늘을 나는 것 같다
잊지 않을게 기억할게

이렇게 좋은 날은
계속 계속 잊히지 않을 거야!

평안한 기대

맑은 아침 난 따뜻한 햇살과
기대를 안고 일어났다

오늘을 향해 달려가는 시간
맑은 햇살 아래 하늘을 쳐다본다

오늘은 또 무엇의 기대가 숨어 있을까?
파릇파릇한 새싹 위를 걸어 다닌다

"똑딱 똑딱 통 통 통" 여전히
시계와 우리의 발걸음은 빨라지고
빛나는 햇살 아래 앉아서 이야기를 나눈다
"야! 너희끼리 이야기하지 말고 다 같이 하자."
난 큰소리로 외쳤다

행복과 평안함이 함께 움직이고 있다
따뜻한 맘을 가진 우리가 함께 모여 수업을 한다

맑은 햇살 저 높은 하늘을 쳐다보며 나는 노래한다
아름다운 찬양이 귓가에 들려온다

바람은 심술쟁이

잔디밭에 누워 시를 쓰는데
바람이 와서 나를 간지럽힌다

"수현아! 같이 놀자! 수현아! 같이 놀자!"
나는 계속 모른 척하고 시를 쓴다

바람이 또 와서 놀자고 한다
내 눈도 간지럽히고 코도 간지럽히고 손등도 간지
럽히고
그래도 나는 모른 척한다

바람이 자꾸만 온다
내 머리카락도 잡아당기고 내 시 노트도 넘겨 버
리고
나는 또 모른 척한다

자꾸만 모른 척해서 바람이 화가 났나 보다

나뭇잎을 마구 흔들어대고 내 옷도 날려 보내고
바람은 심술쟁이다

엽기 김밥

딱딱한 바닥에 엎드려 조용히 시를 쓰는데
친구들은 마구마구 장난을 친다
"야! 우리 같이 놀자!" 하며 소리를 지르기도 한다
하지만 난 들은 척 만 척 고개를 숙여버렸다

친구들은 계속 나에게 장난을 친다
"야, 시끄러워! 이제 좀 그만해!"
그래도 나는 계속 모른 척한다

애들이 화가 났나? 마구 머리카락을 잡아당기고
내 노트도 가져가 버리고 내 필통도 가져가 버리고
자꾸만 장난을 친다
"어우, 힘들어."
너희 왜 이렇게 힘드냐?

나는 딱딱한 바닥에서 도망쳐 푹신푹신한 내 침대로
왔다

아주 참 조용했다. 위아래에서 "통 통 통" 뛰어다니는
발소리만 계속 달려가고 있다

넓은 마루에서 뒹굴뒹굴 굴러다니며 김밥을 만든다
길쭉한 다리도 넣고 두꺼운 머리통도 넣고 가는 팔도 넣었다
여러 가지의 재료가 모여 맛있게 만들어진 김밥
"우와, 맛있다."
소리를 지른다

콜록콜록

목이 간지러운지 난 계속 "캑, 캑"하며 잔기침을 한다
따뜻한 물도 마셔보고 가만히 쉬어도 봤는데
목이 자꾸만 도망 다닌다

맛있는 딸기를 먹어봐도 목은 자꾸만 잠을 안 자네
열심히 시를 써 내려가는데 목은 자꾸만 턱턱 막히고 힘이 빠진다

목이 왜 그럴까? 난 곰곰히 생각해봤다
'아, 이제 알았다. 내가 너무 시원하게 입고 다녀서 그런가?'

'아냐, 아냐 그건 아닐 거야.'
'그럼 뭐 때문에 목이 자꾸만 쉴 새 없이 돌아다니는 거지?'

그래도 찬양을 듣고 가만히 있었더니 마른기침은
떠나버리는 것 같았다
"우와, 마법이다"
참 신기했다

아기새

산들산들 시원한 바람이 불어온다
넓은 마당 우리는 모여 쑥을 뽑고 있다

그때
"꼬 꼬 꼬 꼬. 꼬… 대~액"

닭이 신나게 놀고 있나?
아기새들은 닭을 쳐다보며 가만히 앉아 있었다

살랑살랑 바람과 함께 날아가 버리는 예쁜 민들레
씨앗
어른새가 물고 나에게 왔다

따뜻한 바람이 소 올 소 올 불어오는데
정자에 누워 책을 읽고 시를 쓴다

"우와! 예쁘다."

아기새들은 예쁜 꽃들을 향해 날아갔다

어른 새들은 점심 준비를 하고 있다
"어우, 힘들어."
그래도 우리는 시원한 바람을 마시며 놀고 있다

폭력

팍팍팍
팍팍팍
팍팍팍

퍽퍽퍽
퍽퍽퍽
퍽퍽퍽

맞고 멍들고 상처나고
꺄악 무섭다
꺄악 도망가고 싶다

쾅쾅쾅
쾅쾅쾅
쾅쾅쾅

죄 없는 날 마구 때린다

꺄악 두렵다
꺄악 나가고 싶다

그대들이여

말로는 나오지 않는 그리움으로
내 가슴은 봄비처럼 흘러가고…

말을 잃어버린 그리움으로
내 맘은 봄바람처럼 날아간다

이제 내 마음은 그대를 향해
까맣게 타들어간다

물을 먹어봐도 나의 그리움은 잊히지 않는다
나비처럼 강물처럼 훨훨 날아만 간다

마음을 잃어버린 듯
힘없이 앉아만 있는 우리

공

데굴데굴 데굴데굴
어디론가 굴러가는 나

데굴데굴 데굴데굴
높은 산에서 굴러떨어지는 나

딩굴딩굴 딩굴딩굴
차가운 길바닥에 서 있는 나

어딘가에 채이고 긁히고 까지고
상처로 내 몸을 감싼 불쌍한 나

깊은 강가를 거침없이 굴러가는 나
동글동글 동글동글 커다란 바위에 부딪히며

어딘가에 깨지고 찢어지고 파이고
온몸이 엉망이 돼버린
나는 거지

검은 그림자

아무도 없는 세상
나 혼자 남아서 무얼 할까?

칠흑같이 조용한 어둠 속에서
쓸쓸히 그림을 그리지
나를 쫓아오는 검은색 물감
나를 향해 달려오는 검은 그림자

무서워 무서워!
두려워 두려워!
멀리멀리 도망쳐도
나를 향해 달려오는 검은 그림자

무서워서 이불속으로 쏙 들어가면
캄캄한 어둠이 나를 안아주지

구둔역

한 발 한 발 나아가는 기찻길
기차가 포근하게 잠을 자고 있다
파란 하늘 뾰족뾰족한 산들이 서 있고
하얀 구름들이 소풍을 가고 있다
푸른 잔디밭을 걸어 다니는 우리가 참 멋지다
이렇게 좋은 이 날에 맛있는 쿠키도 먹고 이야기도
나누고
난 구둔역에 처음 와보는데
오늘 와서 시간을 즐겁게 보내니까 참 좋았다

새들은 짹짹 소리를 내며 울고 다닌다
소원도 쓰고 소원 나무에 걸고…
쪼르르 기찻길을 뛰어다니는 귀여운 울 아가들
정말 눈에 넣어도 안 아플 울 아가들
산들산들 따스한 바람이 불어온다
우리는 그 따뜻한 바람 냄새와 공기를 맡으며 글
을 쓴다

엉뚱한 그대들

처음엔 우리 반 친구들이 너무 이상했어
전깃불을 켰다 껐다 우리를 자극했어
혹시 우리에게 관심이 있는 거 아냐?
그때 선생님이 "어? 이게 뭐야?" 소리쳤어
그때 사물함에서 남자애 둘이 뛰어나오는 거야
선생님은 화를 낼 시간도 필요도 없었지
우하하 우리 반에 웃음꽃이 활짝 피어나버렸거든
나도 그 애들을 골탕 먹이고 싶었지만
쉬가 마려워서 화장실로 뛰어갔어
휴~ 살았다! 다행히 실수는 하지 않았어
교실로 갔는데 엉뚱한 그대들이 사라지고 없었어
참 조용해서 좋다고 생각한 순간, 툭 툭 툭
몸을 친 다음에 아무 일도 없었다는 듯 시치미를
뗐어
아이고, 애들은 엉뚱한 애들은 너무 힘들어

달님

새카만 하늘에 둥근 달님

환하게 빛나는 달님은 엄마의 얼굴

달님을 보며 인사한다

"엄마, 안녕"

달님은 엄마처럼 나를 보며 방긋 웃는다

나도 따라 웃는다

따뜻한 사랑

예방주사

걷어라 걷어라
팔을 걷어라
걷은 팔 내밀고
목 돌리고 먼 산 봐라
맞으면 아프겠고
안 맞으면 안 되겠고

수현아 아프니?
보현아 안 아프니?

서로서로 돌아보다가
맞은 아이 아파서 울고
안 맞은 아이 겁나서 울고
모두 모두 우는데
의사 혼자 헤헤 웃네

장갑

나란히 어깨를 기댄 내 손가락이 말했지
우린 함께 있어 따뜻하단다
너도 이리 오렴!

따로 우뚝 선 엄지손가락이 대답했지!
혼자 있어도 난 외롭지 않아
내 자리를 꼭 지켜야 하는 걸

따뜻한 사랑

따뜻한 마음은 누구에게나 안겨 있다
뜨근뜨근한 우리들의 더한 사랑도 쏘옥 마음속에
깊이 빠져 있다

재잘재잘 노래를 부르는 귀여운 아기새들
따스한 햇살 아래 아기는 새근새근 잠이 들었다

사랑은 계속 계속 졸졸졸 흘러가고 있다
엄마의 사랑도 언니의 그 따뜻한 사랑도
이웃들의 그 큰 사랑도…
아냐 아냐 아무도 못 말려

사랑은 바닷물처럼 흘러 다닌다
사랑은 누구나 가지는 거야

이사

맑고 넓은 잔디밭에 모여 앉아
이야기를 나누며 성경도 재미나게 읽고

과자도 맛나게 먹고
그러다 자전거를 신나게 타기도 하고

넓고 푸른 풀밭 위를 정신 나간
아이처럼 뛰어다닌다

귀여운 강아지를 데리고 산책도 하고
시원한 바람이 불어왔다 시원했다

기분이 날아갈 듯 좋았다
골목길로 뛰어가 보았더니 사다리차가 서 있었다

"와~ 재미있겠다."
난 저 먼 곳에 있는 사다리차가 잘 보이진 않지만

우와~ 누가 이사 오나?
정말 궁금했다

참 좋은 우리 학교

학교에 가면 나는 언니, 오빠들처럼 공부만 할 거야
억지로 밥을 먹어서 먹보가 돼 보기도 하고
매일 밖에서 뛰어노는 친구들이 돼 보기도 할 거야
벌렁 누운 개구쟁이 애들도 되겠지?

학교에 가면 나는 아이들을 가르치는 선생님이 되어
열심히 일을 해보기도 하고
어린아이처럼 조그만 창문 틈 사이로 손을 내밀어 보기도 하고

학교에 가면 나는 꿀 먹은 벙어리가 되어 재잘재잘 이야기하지 않는 아이가 돼 보기도 하고
친구들처럼 막 뛰어노는 다리가 될 거야

등에 애들을 태워 산책하는 어른이 돼 보기도 하고

친구들하고 장난치고 놀던 옛날 시절을 생각해
본다

어떤 이야기

어느 옛날 산골에 방귀를 아주 잘 뀌고
다니는 아이들이 있었어
길을 가다가도 "뽕, 뽕" 방귀로 서로를 표현하지

어느 날 나는 신나게 자전거를 탔지
그런데 또 방귀를 뀌는 거야

우왁~ 냄새. 이거 누구야?
난 빨리 내 방으로 도망쳐 왔거든
방이 참 고요하고 잔잔했지

산책을 하러 나갔는데 오늘은 날씨가 참 좋아서
밖에서 놀기에 딱이었어

그런데 또 방귀를 뽕하고 끼는 거야
이번엔 별로 냄새가 나지 않아서 참 다행이었지만

또 방귀를 뀌어버렸지 뭐야?
너무너무 창피해서 고개를 숙여버렸지

모든 사람은 말한다

모든 사람은 말한다
고양이가 보인다고!
나는 안 보이는 신기한 이야기

사람들은 계속 말한다
강아지가 보인다고!
왜 그런 모든 것들이 난 안 보이는 것일까?

모든 사람은 계속 또 말한다
반짝이는 불빛이 보인다고

난 왜 안 보일까?
가만히 넓은 마루에 앉아 있다

모든 사람은 말한다
땅에 우리를 쫓으러 다니는 벌레들이 보인다고

모든 사람은 또 또 말한다
여러 사람이 잘 보인다고!

불쌍한 나의 몸덩어리를 감싸 안고 앉아 있다

수현이의 하루

너무 심심할 때면
아름다운 찬양을 부르지

너무 친구나 이웃들이 보고 싶을 때면
톡으로 이야기 나누지

너무너무 슬프고 괴로울 때면
소리 높여 기도하지

입이 간지러워 참을 수 없을 때면
참 좋은 말씀을 읽어 내려가지

너무너무 흥분이 안 가라앉을 때면
가만히 앉아 눈을 감고 숨을 크게 내쉬지

넓은 길가에서 자전거를 타고 싶을 때면
몰래 나가 재밌게 타고 놀지

참 좋은 학교에 빨리 가고 싶을 때면
큰 기대를 품고 기다리지

위로

귓가에 들려오는 아름다운 찬양소리
나에게 잔잔한 평화로운 음성
나에게 넘쳐 흘러가네

귓가에 들려오는 달달한 말씀
나에게 있는 장애를 이길 수 있게 해주는 큰 힘!
나는 지금 하늘 위를 날아다니네

귓가에 퍼져가는 물결
따뜻한 하나님의 손길
나를 따뜻하게 안아주시네

상한 마음 감싸주시네
힘든 일들 이겨낼 수 있게 해주시네
내 마음 고요히 탄생하겠네

나쁜 마음 하나님이 깨뜨려 주시네

나는 오직 우리 하나님 바라보네
힘든 마음 감싸주시네

따뜻한 오후

따뜻한 바람이 나를 포근하게 안아주었다
그 포근한 햇살 아래 난 맘이 편안해졌어

내 코앞에서 어슬렁거리는 귀여운 고양이
내 코를 간지럽히고 있다.

"야! 간지러워."

난 고양이의 애교에 못 참아 눈을 번쩍 뜨게 되었
어
파란 하늘을 높이 쳐다보며 큰소리로 외쳤다

"안녕, 오늘도 만나서 반가워~"

난 운동장을 헐레벌떡 정신없이 뛰어다녔지
어디선가 고양이 소리가 들려왔어

"야옹 야옹"

나에게로 점점 들려왔어

고양이 소리 나는 곳으로 달려가 봤지
빛나는 햇살 아래 티격태격 장난을 치고 있었어
그 귀여운 고양이를 따뜻하게 안아주었어

한밤중에 벌어진 일

스르르 눈이 감겨 잠이 오려 할 때면
어디선가 근질근질한 느낌이 내 몸속에 파고들지

다시 한번 침대에 누워 눈을 감고 고요히
잠을 자려하면 너무너무 간지러워 미칠 것 같지

아이고 간지러워, 왜 이렇게 간지러운 거야?
난 이 생각 저 생각 다 뒤척여보지

조용한 엄마의 방에서 불이 켜지고
엄마의 따뜻한 말 한마디가 내게 들려오지

"수현아, 긁지 말고 약을 발라라."
그래서 난 약을 바르고 좀 기다려보았지

그때! 엄마가 같이 잘까?
난 도저히 못 참아 엄마를 졸졸 따라갔지

시원한 선풍기에 다리를 맡기고
푹신푹신한 침대에 누워 잠이 들지

동물원

동물원에 가면 난 일단 맘껏 뛰어놀 거야

토끼처럼 풀밭에서 마구 장난을 치고

동물원에 가면 나는 귀여운 원숭이처럼

커다란 나무를 타고 올라갈 거야

동물원에 가면 나는 시원한 음료수도 마시고

정자에 누워 찬양을 크게 부르기도 하고

난 외친다

"와~ 재미있다."

나

아무도 나를 사랑하지 않는다면
나는 사람으로 살 수 있을까?
아무도 나를 바라보지 않는다면
나는 얼마나 헛된 것일까?

아무도 나를 아껴주지 않는다면
나는 세상에서 어떻게 숨을 쉴까?
아무도 나를 사랑하지 않는다면
나는 왜 세상에 태어났을까?

아무도 나를 바라보지 않고
아무도 나를 귀하게 여기지 않는다면
나는 왜 사람이 되었을까?
나는 아무것도 아닌 사람이다

상처

키는 크는 대로 커지고

몸은 클수록 더 나빠지는데

나는 사는 대로 살지 못하고

병원에만 묶여 있다

오늘도 넘어지고 내 몸엔 상처가 난다

사람들

내 가슴에 손가락질하고 가는 사람들이 있다

내 가슴을 커다란 주먹으로 때리고 가는 사람들이
있다

내 가슴에 차가운 냉기를 뿌리고 가는 사람들이
있다

내 가슴에 상처를 주고 가는 사람들이 있다

평생 나를 미워하며 산 사람들 때문에 괴로웠다

하지만 내 가슴에 상처를 주는 사람들이 얼마나
불쌍한 것이냐

달콤한 솜사탕

말랑말랑 솜사탕 한입 물면 사라져요

눈처럼 사라지는 솜사탕

그래도 너무너무 좋아요

제 **4** 부

그날이 올 거야

자갈밭 내 얼굴

내 이마에 예쁜 봉숭아가 피어났다
엄청 간지럽지

내 얼굴에도 예쁜 봉숭아가 피어났다
친구끼리 떨어지기 싫은가보다

너무너무 간지러워 쓰다듬을 때면
이마에 피었던 꽃이 더 커지고 따갑다

내 얼굴을 깨끗하게 씻을 때면
내 이마에 피언 서로 다투고 있는 복숭아를 진정시
키지

정말 정말 따갑고 간지러운 봉숭아를
짤 때면 얼굴을 찡그리지, 아프다고

내 마음, 네 마음

내 마음 하늘 같아서
하늘로 날아다니지
내 마음 우주 같아서
우주여행 떠나지
내 마음 갈대 같아서
매일매일 따로 돌아다니지

내 마음 천사 같아서
차분히 앉아 찬양을 드리지
내 마음 토끼 같아서
매일매일 뛰어 신나게 놀지
내 마음 내 마음 참 아름다워라
너도나도 내 마음 너 마음 예쁜 꽃 같지

내 마음 온통 딴 세상 같아서
매일매일 딴 세상에 돌아다니지

연필과 지우개

딱딱하고도 부드러운 연필들
쓱싹쓱싹 예쁘게 글을 쓰지
딱딱하면서도 부드러운 나의 지우개들
예쁘지 않은 글씨를 지워주지

짜증나고도 좋은 연필과 지우개
서로서로 다투다 지쳐버렸지
뾰족뾰족 날카로운 연필심을 보호해주려고
색깔별대로 아주 예쁜 친구를 붙여주지

누가 뭐래? 난 예쁜 글을 쓰는 연필이라고
누가 뭐래? 난 못생긴 글씨를 지워주는 지우개라고
딱딱한 예쁜 나의 연필들
부드러운 예쁜 나의 지우개들
예쁜 필통에서 스르르 잠을 자지

이럴 땐 이렇게 해봐

좋아 좋아 너무 좋을 때면
으하하 신나게 웃어봐
아파 아파 다리가 아플 때면
큰소리로 울어 봐
무서워 무서워 겁나 무서울 때면
찬양을 크게 불러 봐

배고파 배고파 너무 배고플 때면
맛있는 샌드위치를 먹어 봐
맛있어 맛있어 너무 맛있을 때면
헤헤헤 웃음을 지어 봐
기뻐 기뻐 너무 기쁠 때면
룰루랄라 폴짝폴짝 개구리가 되어봐

심심해 심심해 너무 심심할 때면
성경을 재밌게 읽어 봐

그날이 올 거야

너의 행복한 순간을 떠올려봐
너의 내일이 될 거야
너의 즐거운 순간을 떠올려봐
너의 오늘이 될 거야

너의 기쁠 때의 순간을 떠올려봐
너에게 그날이 찾아올 거야
너의 평화로운 순간을 떠올려봐
너의 순간이 될 거야

너의 아늑한 순간을 떠올려봐
너의 그날이 될 거야
너의 약한 몸이 건강해지는 순간을 떠올려봐
너에게 그날이 찾아올 거야

멀리멀리 달려가요

친구들은 친구들은
멀리멀리 달려가요

폴짝폴짝 폴짝폴짝
정신없이 달려가요

친구들은 친구들은
멀리멀리 달려가요

너도나도 우리 모두 빨리 달려가요
바람과 함께 멀리멀리 달려가요

친구 따라
멀리멀리 달려가요

우리 모두 거센 폭풍처럼
멀리멀리 달려가요

우리는 나비처럼 훨훨 훨훨
멀리멀리 날아가요

끙끙

혼자 앓던 내 다리 어루만지며 끙끙
지금까지 잘 버텨준 내 발도 끙끙
끙끙끙 끙끙끙 아이구 힘들다
혼자 앓던 내 손 어루만지며 끙끙
지금까지 잘 견뎌준 내 손도 끙끙
끙끙끙 끙끙끙 아이구 힘들다

혼자 앓던 내 눈 어루만지며 끙끙
끙끙끙 끙끙끙 안 보인다고 끙끙 아이구 힘들다
혼자 앓던 길쭉한 허리 어루만지며 끙끙
끙끙끙 끙끙끙 아이구 힘들다

아픈 다리 어루만지며 끙끙
끙끙끙 끙끙끙 아이구 힘들다
혼자 앓던 내 손가락 어루만지며 끙끙
끙끙끙 끙끙끙 손에 힘이 안 들어가서 아프다고 끙끙

기대

사랑하는 벗하고 헤어진다는 것은
영원히 헤어지는 게 아니야
잠시 못 볼 뿐이야
너무 좋아서 포옹을 할지도 몰라
기쁨이 되는 공간하고 떨어진다는 것은
영원히 떨어지는 게 아니야

잠깐 쉬어가는 거지
만나면 참 좋을 거야
행복을 깨트리는 것은 모든 사람의 추억일 거야
하지만 그 행복은 영원히 없어지지 않아
우리가 기쁘게 신나게 행복을 품에 안고 지낸다면
언젠간 우리의 품에 따뜻하게 안겨 있을 거야

우리는 지금도 충분히 행복하거든!
그 행복과 즐거움을 쑥쑥 키워가 보자고. 아자 아자!!

우리는 너의 편이 되어줄 거야

우리 모두 지금 힘들어도 저 높은 하늘을 쳐다봐

지금 우리에게 닥쳐온 어려움은 금방 지나갈 거야

우린 모두 널 응원하잖아

넌 정말 필요한 보배야

조금만 더 힘을 내봐

우린 모두 네 편이 되어줄게

내 마음

나의 즐거움은 어디에서부터 나왔나
내 작은 몸에서 나왔지

나의 행복함은 어디에서 나왔나
내 작은 행복 쉼터에서 나왔지

나의 흥분되는 마음 어디에서 왔나
내 마음속에서 답답하다고 뛰쳐나왔지

나의 기대되는 마음 어디에서 나왔나
큰 기대를 품고 있다 던져 버렸지

날아라! 날아라!

날아라! 날아라!
하늘 높이 날아라!

날아라! 날아라!
나비처럼 날아라!

날아라! 날아라!
비둘기처럼 날아라!

날아라! 날아라!
우리 아기 손잡고 날아라!

날아라! 날아라!
우리 모두 날아라!

소중한 나의 친구

친구가 없다
외롭다 쓸쓸하다
하지만 괜찮다

나에겐 가장 귀한 예수님이 계시니까
나에겐 예수님이 친구다
하나도 외롭지 않다
난 친구란 필요 없는 존재이다
우리 예수님이 친구 되시니까

이렇게 우리를 사랑하는 친구는 없다
정말 정말 감사한 친구이다
누가 뭐래도 친구는 그냥 있는 것이다
고통받고 아파해도
행복하게 살 수 있다

쓸쓸한 나

날씨가 점점 쌀쌀하다 보니
마음까지 함께 굳어졌다

이럴 때는 마음을 녹일 수 있는 무언가가 있으면
좋겠다
그럼 다시 굳었던 마음도 녹아내릴 것이다

날이 추워 마음이 굳어 문을 닫고 있을 때
난 따뜻한 이불 속에서 몸을 껴안아본다

외톨이

외톨이다 이야기하고 싶다
아무도 함께 이야기하지 않는다

외톨이다 놀고 싶다
아무도 함께 놀지 않는다

외톨이다 심심하다
아무도 나를 좋아하지 않는 걸까?

외톨이다 속상하다
아무도 내 맘을 모른다

장난꾸러기

이리로 쿵쿵, 저리로 쿵쿵
쿵쿵대지 않으면 살 수 없는 나

여기에 상처가 아물면
또 저기에 상처가 생기는 신기한 이야기

한 번 넘어지면 친구 따라 쿵쿵
두 번 세 번 여러 번 몸을 굴리게 되는 놀라운 이야기

가만히 앉아 있지를 못하는 그녀
또 어딘가를 아프게 하고 돌아오지

쾅쾅 쾅쾅
몸이 성한 날이 없는 믿기 힘든 이야기

조심하지 않으면 살 수 없는 나
여러 번 내 몸을 아프게 만들지

왜 자꾸 몸을 아프게 하냐고?
너무너무 좋아서
내 몸이 꽃이라고

아빠의 방귀 소리

부웅~뿅 부웅~뿅 어디선가 조그만 방귀 소리가
들리지
자꾸자꾸 커지는 방귀 소리

뿅뿅뿅뿅 아우 냄새!
이제 조금 잔잔해졌네

즐겁게 배꼽을 잡고 빵 터진 우리
왜 자꾸 웃냐고? 아빠가 너무 웃겨서

각자의 방에서 계속 들리는 듣기 싫은 방귀 소리
자동차 소리처럼 크게 울리는 방귀 소리
우리를 웃게 해주네

너무 힘들고 지쳐 쓰러져 맥을 못 출 때면
눈을 감고 곤히 소곤소곤 잠을 자지

소금북 시인선 10

우리는 너의 편이 되어줄 거야

ⓒ김수현, 2022, printed in seoul, Korea

초판 1쇄 인쇄 2022년 05월 04일
초판 1쇄 발행 2022년 05월 10일

지은이 김수현
펴낸이 박옥실
디자인 유재미 정지은

펴낸곳 도서출판 소금북
출판등록 2015년 03월 23일 제447호
발행처 강원도 춘천시 행촌로 11, 109-503 (우24454)
편집실 서울시 중구 퇴계로50길 43-7 (우04618)
전화 (070)7535-5084, 휴대폰 010-9263-5084
전자주소 sogeumbook@hanmail.net
ISBN 979-11-91210-05-7 03810

값 10,000원